诗歌名家星座

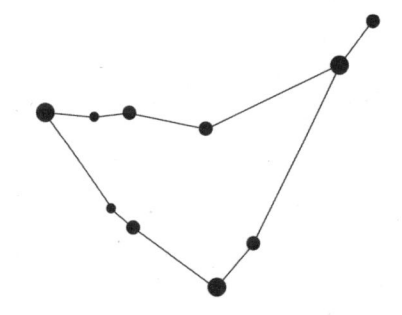

云之现代性

李少君——

著

陕西新华出版
太白文艺出版社·西安

图书在版编目（CIP）数据

云之现代性 / 李少君著. -- 西安：太白文艺出版社，2021.8（2023.6重印）
（当代诗歌名家星座 / 李少君主编）
ISBN 978-7-5513-1972-0

Ⅰ. ①云… Ⅱ. ①李… Ⅲ. ①诗集－中国－当代 Ⅳ. ①I227

中国版本图书馆CIP数据核字(2021)第144863号

云之现代性
YUN ZHI XIANDAIXING

主　　编	李少君
责任编辑	靳　嫦
封面设计	郑江迪
版式设计	新纪元文化传播
出版发行	太白文艺出版社
经　　销	新华书店
印　　刷	三河市同力彩印有限公司
开　　本	889mm×1194mm　1/32
字　　数	81千字
印　　张	5.25
版　　次	2021年8月第1版
印　　次	2023年6月第2次印刷
书　　号	ISBN 978-7-5513-1972-0
定　　价	45.00元

版权所有　翻印必究
如有印装质量问题，可寄出版社印制部调换
联系电话：029-81206800
出版社地址：西安市曲江新区登高路1388号（邮编：710061）
营销中心电话：029-87277748　029-87217872

《当代诗歌名家星座》序言

冯友兰先生在《国立西南联合大学纪念碑碑文》中说："我国家以世界之古国，居东亚之天府，本应绍汉唐之遗烈，作并世之先进，将来建国完成，必于世界历史居独特之地位。盖并世列强，虽新而不古；希腊罗马，有古而无今。惟我国家，亘古亘今，亦新亦旧，斯所谓'周虽旧邦，其命维新'者也！"

创新，一直是中国文化的使命。创新，也是中国文化的天命。中国自古以来是"诗国"，汉赋唐诗宋词元曲，艺术的创新总是与时俱进的。百年新诗，就是创新的成果。没有创新，就没有新诗。

"创造性转化，创新性发展"，我的理解就是创新与建构是相辅相成的。创新和建构并不矛盾，创新要转化为建设性力量，并保持可持续性，就需要建构。建构，包含着对传统的尊重和吸收，而不是彻底否定和破坏颠覆。创新，有助于建构，使之具有稳定性。而只有以建构为目的的创新，才不是破坏性的，才是真正具有积极力量的，可以转化为新的时代的能量和动力。

众所周知，诗歌总是从个体出发的，但个体最终要与群体共振，才能被群体感知。诗歌是时代精神的象征，真正投身于时代的诗人，其个体的主体性和民族国家的主体性、人类理想和精神的主体性，就会合而为一，就会成为时代精神的代言人。伟大的诗歌，一定是古今融合、新旧融合、中西融合的集合体。杜甫就曾创造了这样的典范。

杜甫是一个有天地境界的人。在个人陷于困境时，在逃难流亡时，杜甫总能推己及人，联想到普天之下那些比自己更加困苦的人们。在杜甫著名的一首诗《茅屋为秋风所破歌》里，杜甫写到自己陋室的茅草被秋风吹走，又逢风云变化，大雨淋漓，床头屋漏，长夜沾湿，一夜凄风苦雨无法入眠。但诗人没有自怨自艾，而是由自己的境遇，联想到天下千千万万的百姓也处于流离失所的境地。诗人抱着牺牲自我成全天下人的理想呼唤"安得广厦千万间，大庇天下寒士俱欢颜，风雨不动安如山"，"何时眼前突兀见此屋，吾庐独破受冻死亦足！"。这是何等伟大的胸襟！何等伟大的情怀！杜甫也因此被誉为"诗圣"。

"文章合为时而著，歌诗合为事而作。"杜甫无疑是中国诗歌历史的高峰。每一代诗歌有每一代诗歌之风格，每一代诗人有每一代诗人之使命,如何在诗歌史上添砖加瓦、锦上添花,创造新的美学意义和典范,是百年新诗的责任,也是我们当代诗人义不容辞的责任。

由太白文艺出版社策划、出版的这套《当代诗歌名家星座》,注重所收录诗人的文本质量和影响力,着力打造引领当代诗歌潮流的风向标。这套丛书收入了汤养宗、梁平、陈先发、阎安、谢克强、苏历铭、李云等人的作品,他们早已是当代诗坛耳熟能详的诗歌名家,堪称当代诗坛的中坚力量。他们或已形成成熟的个人诗歌风格,或正处于个人创作的巅峰期,他们身上所展现出来的创作活力,正是当代诗歌的活力。相信这套丛书能够帮助广大读者多角度、多层次地深入当代诗歌创作一线,领略瑰丽多姿的诗歌美学。

新的时代,诗歌这一古老而又瑰丽多姿的艺术门类,需要紧扣时代发展的脉搏,深入生活扎根人民,不断挖掘时代发展浪潮中的闪光点,为广大人民群众提供更加丰饶的精神食粮,推动实现从"高原"到"高峰"的突破,书写中华民族波澜壮阔的全新史诗。这套丛书收录的八位诗人,无论是他们的创新能力,还是创造能力,都已在长期的写作过程中得到证明。他们心怀悲悯,以艺术家独有的观察力、整合力，萃取日常生活中富有诗意的一面，呈现出气象万千的时代特征。

风云变幻，大潮涌起，正可乘风破浪。新的时代，中国正处于历史的上升期，这也将是文化和诗歌的上升期，让我们期待和向往，并为之努力，为之有所创造！

李少君

目 录

心与意 \001

霞浦的海 \006

风中消瘦 \008

西山暮色 \010

夜晚的放风时刻 \011

鼓浪屿的琴声 \012

风暴欲来 \013

自述 \014

西湖,你好 \015

西部的旧公路 \016

海岛之夜 \017

当我在世界各地行走…… \018

抒怀 \019

傍晚 \020

碧玉 \021

神降临的小站 \022

敬亭山记 \023

应该对春天有所表示 \024

山行 \025

热带雨林 \026

江南 \027

渡 \028

云之现代性 \029

凉州月 \031

西山如隐 \032

春天，我有一种放飞自己的愿望 \033

仲夏 \034

春天里的闲意思 \035

海之传说 \036

我是有大海的人 \037

走失的父亲 \039

父亲的身影未出现 \040

通灵的特使 \041

读封城中的武汉友人诗作有感 \042

海口老街 \044

春风 \045

忆岛西之海 \046

自道 \047

秋夜 \048

牙买加船长的自叙 \049

戈壁滩,越行越远的那个人 \051

虞山 \052

新月 \053

落樱
　　——悼洪烛 \054

北京胡同肖像 \055

观海 \056

南音 \057

古渡 \058

深刻的意义 \059

小社会 \060

金华江边有所悟 \061

小城 \062

偶尔 \063

泄露 \064

秋之夜 \065

美的分寸感 \066

春夜 \067

在北方的林地里 \068

南渡江 \069

西湖边 \070

云国 \071

春寒 \072

岭头黎家爱情 \073

江南小城 \074

偶过古村落 \075

道 \076

疏离感 \077

我是有背景的人 \078

过临海再遇晚秋 \079

常熟记 \080

珞珈山的鸟鸣 \081

后现代意象 \082

那些伟大的高峰 \083

草原上的醉汉 \084

听蒙古长调 \085

我总是遇见苏东坡 \086

街景 \087

二十四桥明月夜 \088

春 \089

四合院 \090

可能性 \091

江边小店 \092

暴风雪之夜 \093

南山吟 \094

山中 \095

同学 \096

雾的形状 \097

潇湘夜雨 \098

夜晚，一个人的海湾 \099

安静 \100

她们 \101

自由 \102

没有西西不好玩 \103

事故 \104

上海短期生活 \105

异乡人 \106

撞车 \107

并不是所有的海…… \109

花坛里的花工 \110

河流与村庄 \111

夜行 \112

夜深时 \114

致李白 \115

忆上林湖 \116

在射洪谒陈子昂读书台读杜甫诗 \117

在松溪遇见青山 \118

写给十八洞的诗 \119

在北碚 \121

春到万家村 \123

垂竿钓海 \124

天涯 \125

石梅小镇 \126

海上小调 \128

三角梅小院 \129

诗 \130

少年时 \131

台风天 \132

在海上 \133

黄昏，一个胖子在海边 \134

邻海 \135

冲决雾霾囚狱的潜艇 \136

孤独乡团之黑蚂蚁 \137

海边小镇 \138

海边怀人 \139

我的永兴岛 \140

站在大海边 \141

玉蟾宫前 \142

假如，假如…… \143

鹦哥岭 \145

呀诺达之春 \146

附录

当代诗歌：事件与情境 \147

心与意

一

我们总是迷恋着现代的晕眩感

又深深依恋着故乡的宁静

二

一排排波浪发出邀请

一行行海鸥踏浪而来

三

夏夜的蛙鸣,秋夜的蟋蟀

都曾是我这个旅人失眠时的伴侣

四

泪水,都是一样珍贵的

没有什么大小、轻重、价值高低之别

五

在大朵的白云掩映下

春天里一颗失魂落魄的心

六
路上，一个孩子和一条狗对峙
都在犹豫着应该前进还是后退
最后，狗从侧路绕道而行

七
酒，像火苗，舔了一下我的心
随后，火焰一样腾地跳了起来

八
一小滴蜜，诱惑不了这饕餮之徒
小剂量的毒，伤害不了这庞然大物

九
墙外袭来的芬芳
侵入宫廷的每一个角落
护卫也禁止不了

十
月光下欲望全无
成了真正的清心寡欲之人

十一

风的推进,云的滚动

在雷鸣电闪的威逼下

整个华北即将沦陷为暴雨的占领区

十二

这个城市也许过于贫乏无味

所以把每一条道路弄得曲里拐弯

好像里面藏着什么幽奥深邃的秘密

十三

霜之重,一夜之间覆盖整个国度

霜之轻,只落入一个小女子的心中

十四

人生的命运,由几把钥匙决定

打开一扇门,再关上另一扇门

或者,从一扇门通向另一扇门

十五

白云啊,路上到处都有

每一座岭上都飘浮着几朵

十六

小时候过马路,我紧紧抓住妈妈的手

生怕被抛弃或丢失

长大了,妈妈紧紧抓住我的胳膊

格外地信赖和依恋成年的儿子

十七

他脸上的寂寥

加重着书斋的荒凉

十八

她一生孩子,多年的焦虑感迅速消失

只剩下刚做母亲的那种幸福与得意

连说话,也温柔甜蜜了许多

十九

山顶上的十字架

宣布此地为上帝的领地

二十

孤独,随时随地都可能发生

失神,则只可能发生在中年以后

二十一
在都市里
那么多的爱情，找不到房子
那么多的房子里，没有爱情

二十二
大海每天都吃掉那么多垃圾
没办法消化，只好在清晨再吐出来

二十三
现实正在直播
生活却在别处
这就是二十一世纪呈现的日常景观

霞浦的海

霞浦,霞光的巢穴
霞光从此起飞,霞光从此出动
黄昏,全部收回,织就满天锦绣

霞浦,霞光的渊薮
从天边涌来,从海中跃出
取下架笔,蘸一点霞光,写万千彩章

霞浦,山海相映
山之陡峭,恰显海之气象
海之辽阔,方有山之险峻
山,高耸出了高度;海,深沉进而深远

霞浦自成一世界,云环雾罩
竖立的悬崖是你的,岬角的小花也是
混沌的岛礁是你的,推涌的波浪也是
海是天然舞台,那一轮喷薄而出的崭新的太阳
也是你的
海刷新着世界,每一天都是新的一天
海永远年轻,古老只属于速朽的事物

在霞浦,一切如此现代并继续现代
每天花样翻新的云,每天轮流升起的日和月
你也不再是昨天的你,你已被海风刷新了境界

风中消瘦

关于风中消瘦,你会有怎样的想象?

风中消瘦,人在风中
会变得轻飘,感觉自己消瘦了一些
你看那些风中行走的女子
飘飘欲仙,谁都会觉得她们体态轻盈
自我感觉也苗条纤细,身轻如燕

风中消瘦,风本身会使人消瘦
古典的书生总是一身寒瘦
长袖飘逸,长发飘扬,仿佛风中的男主角
而在现代,一位中年男子站在风中呼号
秋风啊!吹掉我这一身肥腻的中产阶级的肉吧

风中消瘦,还有自虐的快感
少年总是倾向于自我谴责
内心的阴森,莫名的邪恶冲动
让他恨不得在风中彻底消灭
修长的形象,是每一个好幻想的少年的理想

风,你还是留给少女们一点空想吧

让她们觉得自己可以永远那么美,那么青春

那么不切实际地以为自己是世界的中心

一切会围绕她们转,被春风包围着拥戴着

西山暮色

久居西山,心底渐有风云
傍晚我们要下山时,他还不肯走
说要守住这一山暮色

他端坐寺庙前,仿佛一个守庙人
他黝黑朴实的面孔,也适宜这一角色
他目送我们,也目送一个清静时代的远去

我走了一段回头去看
他脸色肃穆,和苍茫的山色融为一体
他仿佛暮色里的一个影子
隐入万物之中……

夜晚的放风时刻

白天,加沙的整个天空都成了禁区
直升机嗡嗡盘旋在城市上空
俯视和监管着每一个街区的每一个角落

只有到了深夜,风筝才获得了自由
于是,城市里每一夜都出现奇特的一幕
成千上万的人在大街上放风筝
他们追逐,他们奔跑,他们欢呼
终于把一种内心的自由放上了天空

鼓浪屿的琴声

仿佛置于大海之中天地之间的一架钢琴
清风海浪每天都弹奏你
流淌出世界上最动人的旋律

这演奏里满是一丝丝的情意
挑动着每一个路过的浪子的心弦
让他们魂飞身外,泪流满面

确实,你是人间最美妙的一曲琴音
你的最奇异之处
就是唤起每一个偶尔路过的浪子
不由自主地回想起一生中最美妙的经历

然后,他们的心弦浪花一样绽开
在这个他们意想不到的时刻和异乡

风暴欲来

海色苍茫,风暴即将来临
最后一班轮渡正鸣响汽笛
而我,还没收拾好行李
还沉迷于岛上的幽深角落和旧楼台

风暴前的街道何其宁静
游人稀少,腾空了一切做好准备
等候着风暴、海浪和潮汐的正面搏击

我多么希望我的诗歌里啊
也蕴蓄着这种内敛的宁静的力量

自述

在古代,我应该是一只鹰
在河西走廊的上空逡巡

后来,坐化为麦积山上的一尊佛像
浓荫之下守护李杜诗意地和一方祖庭

当代,我幻变为一只海鸥
踩着绿波踏着碧浪,出没于海天一色

但我自由不羁的灵魂里
始终回荡着来自西域的野性的风暴

西湖,你好

风送荷香,构成一个安逸的院落
紫薇,玉兰,香樟,银杏,梧桐
还有莺语藏在柳浪声中
正适合,散步一样的韵味和韵脚

正当沉浸于苏堤暮晚的寂静之时
我和对面飞来的野禽相见一惊
相互打了一个照面,它就闪开了
松鼠闻声亦迅速窜进了松林萱草里

还有十几只禽鸟出没于不远处的草地
它们已将西湖当成了家园
分成好几群各自觅食活动
我一过去,它们就四散而逃
只剩下一只长尾山雀大摇大摆地漫步
池塘边的鹭鸶和我皆好不惘然

所以,近来我有一个迫切的愿望
希望尽快认识这里所有的花草鸟兽
可以一一喊出它们的名字
然后,每次见到就对它们说:你好

西部的旧公路

从高速疾驰而来的东部人
难以适应这里的荒芜和慢节奏

夕阳西下，人烟稀疏
公路前头慢吞吞行走的牛群
从不理睬你的喇叭和喊叫
任你费尽力气吆喝驱赶也不让路

这些牲畜就是要用这种态度告诉你
它们才是这里真正的主人！

海岛之夜

常想起那个夜晚
天上有星光,海上有渔火
你坐在椰树下,吹着海风

微明的天光照着你有些黝黑的脸庞
而你年轻丰满的身体
比早熟的杧果更芳香诱人

这就是我关于那个海岛的印象
后来你离去,美丽的海岛也渐渐消失
只有一支小夜曲还在悠悠缭绕
久而久之回旋沉淀为我心头的一座小岛

当我在世界各地行走……

我到过东欧小城郊外的葡萄园
草木静寂,没有任何人来欢迎我
一条小狗一只小猫都没有
但我仍欣欣然,在枝叶间一路游荡

我还到过德黑兰市中心的公园
穆斯林在草地上铺开地毯,围圈而坐
青年男女赤脚伸进沟渠冰凉的水里
他们的快乐,不只是表面上的

我也到过新泽西州附近的茂密森林
在公路旁停留时,我看见一头鹿迅疾离去
但当地人告诉我,隐秘的不远处
也许有一只狼正冷眼盯着我

我每走到一处,总有声音提醒我
下车时请带好你的贵重物品
我想了一下,我最贵重的
只有我自己,和我的一颗心

抒怀

树下,我们谈起各自的理想
你说你要为山立传,为水写史

我呢,只想拍一套云的写真集
画一幅窗口的风景画
以及一帧家中小女的素描

当然,她一定要站在院子里的木瓜树下

傍晚

傍晚,吃饭了
我出去喊仍在林子里散步的老父亲

夜色正一点一点地渗透
黑暗如墨汁在宣纸上漫延
我每喊一声,夜色就被推远一点点
喊声一停,夜色又聚集围拢了过来

我喊父亲的声音
在林子里久久回响
又在风中如波纹般荡漾开来

父亲的应答声
使夜色明亮了一下

碧玉

国家一大,就有回旋的余地
你一小,就可以握在手中慢慢地玩味
什么是温软如玉啊
他在国家和你之间游刃有余

一会儿是家国大事
一会儿是儿女情长
焦头烂额时,你是一贴他贴在胸口的清凉剂
安宁无事时,你是他缠绵心头的一段柔肠

神降临的小站

三五间小木屋
　　泼溅出一两点灯火
我小如一只蚂蚁
今夜滞留在呼伦贝尔大草原中央
　　的一个无名小站
独自承受凛冽孤独但内心安宁

背后，站着猛虎般严酷的初冬寒夜
再背后，横着一条清晰而空旷的马路
再背后，是缓缓流淌的额尔古纳河
　　在黑暗中它亮如一道白光
再背后，是一望无际的简洁的白桦林
　　和枯寂明净的苍茫荒野
再背后，是低空静静闪烁的星星
　　和蓝茸茸的温柔的夜幕

再背后，是神居住的广大的北方

敬亭山记

我们所有的努力都抵不上
一阵春风,它催发花香
催促鸟啼,它使万物开怀
让爱情发光

我们所有的努力都抵不上
一只飞鸟,晴空一飞冲天
黄昏必返树巢
我们这些回不去的浪子,魂归何处

我们所有的努力都抵不上
敬亭山上的一个亭子
它是中心,万千风景汇聚到一点
人们云一样从四面八方赶来朝拜

我们所有的努力都抵不上
李白斗酒写下的诗篇
它使我们在此相聚畅饮长啸
忘却了古今之异
消泯于山水之间

应该对春天有所表示

倾听过春雷运动的人,都会记忆顽固
深信春天已经自天外抵达

我暗下决心,不再沉迷于暖气催眠的昏睡里
应该勒马悬崖,对春天有所表示了

即使一切都还在争夺之中,冬寒仍不甘退却
即使还需要一轮皓月,才能拨开沉沉夜雾

应该向大地发射一只只燕子的令箭
应该向天空吹奏起高亢嘹亮的笛音

这样,才会突破封锁,浮现明媚的春光
让一缕一缕云彩,铺展到整个世界

山行

野草包裹的独木桥
搭在一段清澈的小溪上
桥下，水浅露白石

小溪再往前流，芦苇摇曳处
恰好有横倒的枯木拦截
洄成了一个小深潭

我循小道而来，至此
正好略做休憩，再寻觅下一段路

热带雨林

雨幕一拉,就有了热带雨林的气息
细枝绿叶舒展开来,显得浓郁茂盛
雨水不停地滴下,一条小径通向密林
再加上氤氲的气象,朦胧且深不可测

没有雨,如何能称之为热带雨林呢
在没有雨的季节,整个林子疲软无力
鸟鸣也显得零散,无法唤醒内心的记忆
雨点,是最深刻的一种寂静的怀乡方式

江南

春风的和善,每天都教育着我们
雨的温润,时常熏陶着我们
在江南,很容易就成为一个一个的书生

还有流水的耐心绵长,让我们学会执着

最终,亭台楼阁的端庄整齐
以及昆曲里散发的微小细腻的人性的光辉
教给了我们什么是美的规范

渡

黄昏,渡口,一位渡船客站在台阶上
眼神迷惘,看着眼前的野花和流水
他似乎在等候,又仿佛是迷路到了这里
在迟疑的刹那,暮色笼罩下来
远处,青林含烟,青峰吐云

暮色中的他油然而生听天由命之感
确实,他无意中来到此地,不知道怎样渡船,渡谁的船
甚至不知道如何渡过黄昏,犹豫之中黑夜即将降临

云之现代性

诗人们焦虑于所谓现代性问题
从山上到山下,他们不停地讨论
我则一点也不关心这个问题

太平洋有现代性吗?
南极呢?还有九曲溪
它们有现代性吗?

珠穆朗玛峰有现代性吗?
黄山呢?还有武夷山
它们有现代性吗?

也许,云最具现代性
从李白的"众鸟高飞尽,孤云独去闲"
到柳宗元的"岩上无心云相逐"
再到郑愁予的"云游了三千岁月
终将云履脱在最西的峰上……"

从中国古人的"只可自怡悦,不堪持赠君"
到波德莱尔的巴黎呓语"我爱云……
过往的云……那边……那边……奇妙的云!"

还有北美天空霸道凌厉的云
以及西亚高原上高冷飘忽的云
东南亚温润的云,热烈拥抱着每一个全球客

云卷云舒,云开云合
云,始终保持着现代性,高居现代性的前列

凉州月

一轮古老的月亮
放射着今天的光芒

西域的风
一直吹到了二十一世纪

今夜,站在城墙上看月的那个人
不是王维,不是岑参
也不是高适
——是我

西山如隐

寒冬如期而至,风霜沾染衣裳
清冷的疏影勾勒山之肃静轮廓
万物无所事事,也无所期盼

我亦如此,每日宅在家中
饮茶读诗,也没别的消遣
看三两小雀在窗外枯枝上跳跃
但我啊,从来就安于现状
也从不担心被世间忽略存在感

偶尔,我也暗藏一丁点小秘密
比如,若可选择,我愿意成为西山
这个北京冬天里最清静无为的隐修士
端坐一方,静候每一位前来探访的友人
让他们感到冒着寒风专程赶来是值得的

春天,我有一种放飞自己的愿望

两只燕子拉开了初春的雨幕
老牛,仍拖着背后的寒气在犁田

柳树吐出怯生生的嫩芽试探着春寒
绿头鸭,小心翼翼地感受着水的温暖

春风正一点一点稀释着最后的寒冷
轻的光阴,还在掂量重的心事

我却早已经按捺不住了
春天,我有一种放飞自己的愿望……

仲夏

仲夏，平静的林子里暗藏着不平静
树下呈现了一幕蜘蛛的日常生活情景

先是一长串蛛丝从树上自然垂落
悬挂在绿叶和青草丛中
蜘蛛吊在上面，享受着在风中悠闲摇晃的自在
聆听从左边跳到右边的鸟啼

临近正午，蜘蛛可能饿了，开始结网
很快地，一张蛛网织在了树枝之间
蜘蛛趴伏一角，静候猎物出现
惊心动魄的捕杀往往在瞬间完成
漫不经心误撞入网的小飞虫
一秒钟前还是自由潇洒的飞行员呢
就这样不明不白地成了蜘蛛的美味午餐

一个不费心机
一个费尽心机
但皆为自然

春天里的闲意思

云给山戴了一顶白帽子
小径与藤蔓相互缠绕,牵挂些花花草草
溪水自山崖溅落,又急吼吼地奔淌入海
春风啊,尽做一些无赖的事情
吹得野花香气四处飘溢,又让牛羊
和自驾的男男女女在山间迷失……

这都只是一些闲意思
青山兀自不动,只管打坐入定

海之传说

伊端坐于中央,星星垂于四野
草虾花蟹和鳗鲡献舞于宫殿
鲸鱼是先行小分队,海鸥踏浪而来
大幕拉开,满天都是星光璀璨

我正坐在海角的礁石上小憩
风帘荡漾,风铃碰响
月光下的海面如琉璃般光滑
我内心的波浪还没有涌动……

然后,她浪花一样粲然而笑
海浪哗然,争相传递
抵达我耳边时已只有一小声呢喃

但就那么一小声,让我从此失魂落魄
成了海天之间的那个为情而流浪者

我是有大海的人

从高山上下来的人
会觉得平地太平淡没有起伏

从草原上走来的人
会觉得城市太拥挤太过狭窄

从森林里出来的人
会觉得每条街道都缺乏内涵和深度

从大海上过来的人
会觉得每个地方都过于压抑和单调

我是有大海的人
我所经历过的一切你们永远不知道

我是有大海的人
我对很多事情的看法和你们不一样

海鸥踏浪,海鸥有自己的生活方式
沿着晨曦的路线,追逐蔚蓝的方向

巨鲸巡游,胸怀和视野若垂天之云
以云淡风轻的定力,赢得风平浪静

我是有大海的人
我的激情,是一阵自由的海上雄风
浩浩荡荡掠过这一个世界……

走失的父亲

独自横穿马路的父亲
总让我隐隐有一些担忧
他步履蹒跚,一个人走向对面
他在马路边下车,我继续往前
从后视镜里看到他
小心翼翼,被拥挤的人群裹挟
小时候跟丢父亲会心急如焚
如今却换成了我操心父亲

这些年都市里走失的老人
是一个庞大惊人的数字
我见过一些寻找父亲的焦急的儿子
他们手足无措,六神无主
不断地自我谴责,自我忏悔
他们每天忙于琐碎事务和应酬
把老父亲丢在空空荡荡的家里
在等待之中度过一天又一天

我也每天在内疚之中度过
知道迟早有一天父亲会丢下我
在人群中走失,让我望眼欲穿欲哭无泪

(本诗写于父亲去世前,那时不敢发表,担心一语成谶)

父亲的身影未出现

"你爸身体不舒服,不下楼吃饭了"
梦中,我们兄弟三人,围坐一桌
母亲做完菜,解下围裙
擦了一下手,招呼我们开始吃晚饭

这是第一次,父亲的身影没有出现
半个月前,父亲去世了
这是他去世后第一次出现在我的梦中
母亲说过他去世前两天就没怎么吃东西

这一次,父亲的身影未出现
在梦中,他也只是被我们谈论到……

通灵的特使

这只猫,深养于书香之家
狂躁的脾气早已修炼得温柔恬静
沉香之韵味,诗画之优劣
它一闻便知,但不动声色

它对俗人也一闻便知,会躲得远远的
若遇心仪之士光临,它会主动迎上去
乖巧地伏在桌椅边,半闭着双眼
聆听主客对话,仿佛深谙人世与宇宙的奥秘

读封城中的武汉友人诗作有感

诗是信号
是封城里生命微弱的呼救
欢聚没了,广场舞没了,夜宵也没了
若诗都没有了
怎么证明人还存在
还有一口气,还有动静,还有精神

诗是灯光
可以照亮逝去岁月里黯然的事物
爱过的人,看过的电影
去过的阅马场、江汉关和知音广场
都会在诗里一一闪亮
给你些许温暖和慰藉

诗是叹息,是依恋
是抗争,是无力然而不甘
诗是寒夜荒漠里熊熊燃烧的篝火
是茫茫大海之上依稀看见的岛屿
是长途跋涉疲惫不堪时
远处窗口传来的一声母亲的呼唤

诗是一颗颗跳动的心

是亲情、友情和爱情的回响

是心与心的感应，互相问候

是为彼此而歌，流泪然后微笑

鼓励各自坚持下去的勇气和信念

诗无法抚慰所有的人

那些嘲弄的人，冷漠的人，狂躁的人

诗也会援之以心

给他们以拥抱，以祝福

给他们以爱，以梦想，以希望……

海口老街

芭蕉只是提供了一种线索
骑楼和海南话都在暗示
茉莉花香将我牵引到了一条幽暗的胡同

我低着头只顾冒雨前行
抬头却是一幢陌生的南洋式家族大院
我肯定没来过这里,我迷路了
偶遇一位有过一面之缘的本地女孩
我脱口而出:你女伴呢?

三天前,我随刚结识的当地朋友去一家茶餐厅
座中皆中学同学,两个女孩正当对面
一个性情活泼,一直参与海阔天空的聊天
一个清爽干净,却始终安安静静
只是,离开的时候当地朋友告诉我
刚才我起身出去买烟的时候
那个一直安静的女孩笑我
说这个人怎么这么有意思啊

到底怎么个有意思?
很久以后我才知道
她是笑我说的那些不知天高地厚的大话

春风

春风一样的性情女子
喜欢使点小性子
一扬手,就打翻了胭脂盒
再一挥手,将香水泼溅在草地上
于是,遍地姹紫嫣红,活色生香

如果,再来那么一两声娇啼莺语
该就是所谓春色无边的风情了吧?

忆岛西之海

有些是大海湾,有些是小海沟
比起东部的海,它们要寂寞许多
大多躲在密密麻麻的木麻黄的背后
要穿过大片的野菠萝群才能发现它们
在被人遗忘的季节里,浪花竞相绽放
一朵又一朵独自盛开,独自灿烂
独自汹涌,独自高潮,再独自消散
若有心人不畏险阻光顾,惊艳之余
还会听到它们为你精心演奏的大海的交响曲
和月光的小夜曲……
如果你愿意一直听到天亮
还会获得免费赠送的第一道绚丽晨光

自道

在荒芜的大地上
我只能以山水为诗
在遥远的岛屿上
我会唱浪涛之歌

白云无根,流水无尽,情怀无边
我会像一只海鸥一样踏波逐浪,一飞而过……
海上啊,到处是我的身影和形象

最终,我只想拥有一份海天辽阔之心

秋夜

柏森祠堂深藏的鹧鸪呼唤出暮晚
金水溪桥边，星星们和三两闲人现身草地
桂花香浮现出散逸的清芬气质
映衬着城中万家灯火和世俗气息

锦里方向，华灯闪耀，夜生活一派繁忙
人们在炒菜、吃饭、闲聊和打扫
一家人围坐沙发看电视，一个人站立阳台发微信
每一扇窗户里都显出人影幢幢的充实

我站在不远处的高台上，看着他们
又仿佛自己正寂寥地置身其中
我和他们平分着夜色和孤独感
我和他们共享着月光与安谧

牙买加船长的自叙

对于一个远洋轮船员而言
乘风破浪已内化为我的一种自觉
当我第一次以船长身份率船出海时
我还是有些不由自主地紧张和激动

那次,我们从印度洋启航
汽笛长鸣,巨轮慢慢驶出港口
海面上风平浪静,海天肃然寥廓
整个世界都已做好准备,迎接我们的出行

一只海鸥飞来,在头顶盘旋了好几圈
仿佛专门向我报告一路平安的喜讯
远方有意想不到的惊喜在等候我们
此行一定会一帆风顺勇往直前

我是牙买加人,从小以海为家
父亲是一个水手,母亲来自欧洲
我是他们码头停靠酒后偷欢的产物
我像一袋货物一样被扔到了这个世上

当远洋轮船员已经十载

我长期穿行于太平洋、印度洋、大西洋
上一次在波斯湾遭遇飓风损失惨重
船长的职责就因此交给了我这个老舵手

果然,此行只有一点小小的风浪和风波
一对情侣船头接吻,趔趄着差点掉入大海
船上餐厅有好几个瓷碗意外被摔破
不过中国人说这个没事,是碎碎平安

这样有惊无险的插曲平添了一些趣味
人生不就是这样由众多经历构成的吗?
我庆幸我第一次当船长如此顺利平安

当轮船在伊斯坦布尔下锚之时
我感到我虽然在陆地上普通得无足轻重
但在海上,我拥有了自己的宫殿和王国

戈壁滩,越行越远的那个人

空空荡荡的戈壁滩上
人可以弄出很大的动静
在大风的扇动下
人可以制造出更大的动静
更不要说顺着风走向戈壁深处的一群人
他们去寻传说中的宝石,争先恐后
很快就不见了人影,消失在远处

但走得最远的那个人
是一个走向了相反方向的人
他也许是被风景吸引
他逆风而行,越走越快
先是消失在戈壁滩边缘的草丛里
最后,彻底从我们的视野之中消失了

虞山

每次到虞山，我总是兴冲冲地
直奔山顶，行走一圈，仿佛巡视封地
有时还钻到林子深处去寻幽访古
此地有足够多的古迹和文物值得勘探
有时则登高望远，近观尚湖，远眺长江
俨然要指点一下江南山水形胜之地
然后，找一处茶馆，悠然地斟一杯清茶
俯瞰人间，猜测香火缭绕的兴福禅寺的方向所在

虞山不高，但其人文高度巍峨
每次登上虞山，我总有一种说不出的满足感
想到历史上如此多的贤人雅士曾云集于此
精神上的满足感就愈加强烈浓郁

多少年过去了，虞山还在那里
青葱黛绿依旧，气定神闲如初
只有我年近半百，心态今非昔比
我现在更喜欢坐在和风习习垂柳轻拂的湖边
隔着粼粼波光，看着眼前的虞山
早年逢山必登的豪情早已烟消云散

新月

祷告声,划出了静谧和悠远的范围

我逾万里而来,抵达此伊斯兰之城
却没有多少游览和探险的兴致
我每天蛰伏在图书馆里翻阅古籍
更沉浸于孤本、考古而非当下现实
偶尔会于冥想之余,掀开窗帘俯视下面
一窥街道上黑袍围巾包裹的穆斯林人群

但我确信在宗教国度里,睡眠会更深沉
远处的阿尔伯兹山和近处的清真寺相对肃穆
晚钟和尘霭之上升起一弯新月
使这古老波斯的宁静更加广大和久远

落樱

——悼洪烛

一个春天就这么云一样过去了
樱花盛大开放,又如雨凋零
遍地繁华,堪与绚烂春光媲美
幻影下坠,哀恸比落樱还多了几点

死亡,正在全世界发生
死亡,正在每个人的身边发生
春夜听到一个诗人悄然远去的消息
我默坐窗前,黯然神伤之际白发陡增

北京胡同肖像

晨光中站在胡同口提着鸟笼的老大爷的闲散姿态
应该立成雕塑——
那是最著名的老北京风俗画

胡同里的每一块砖都是古董
胡同里的每一片瓦都堪称文物
都应该保护起来

黄昏坐在树下吃饭的一家三口其乐融融的寻常景观
应该永久镌刻——
那是最典型的非物质文化遗产

胡同里的每一棵大槐树都古色古香
胡同里的每一盆兰花都悠久芬芳
都应该予以保留

此外,在这座最生机勃勃的日常生活博物馆里
能否保存屋檐下最古老的那一份温馨?
邻里间总是客客气气嘘寒问暖
能否留住树上和墙头常年挂着的那一声声鸟啼?
提醒着人世间的某种简单、安静与持续性

观海

海，每日里演绎着无数浪漫的花样

比如，一次又一次以虔诚的膜拜
扑向你，伴以温柔的细浪的拍打
献花，浪花次第绽放，一朵朵
魔幻般编制成最奢华灿烂的花篮
还有，殷勤总是随时随地无微不至
一会儿从内里掏出一两颗贝壳或珍珠
然后，最轻微地呵护，清风般吹拂
甜言蜜语地催眠，让你安心地睡去
如果醒来，就随手一伸
抹来一缕晨曦或一片明月为你化妆

海，自古以来就有这么多的浪漫手段
惜乎人类至今未习得些许……

南音

五店市——青阳山下官道旁的一个古驿站
建筑着绘金描银雕梁画栋的红砖大厝
铺展着酒馆茶店药铺香舍客栈和寺庙
堆放着丝绸瓷器茶叶大米食盐还有杂货
栽种着芭蕉竹子香樟榕树米兰与山茶
输送着东土西域南来北往的陆贩海客马帮挑夫

临近深夜,在此住店的人就心下柔软难以入眠
耳边隐约有来自梦幻深处的一缕缕弦乐萦绕
就不约而同不由自主地拥向南音会馆

南音,才是每一个游子心头真正的驿站

古渡

每一个人心中都会有一个古老的意象

比如车站,可以通向远方的起点
比如寺庙,一个最终的安静归宿
比如蓝海,如此浩瀚又如此包容
比如刺桐,内心的灿烂需要舒展
比如秋霜,成熟到绚丽之后的冷寂

而我独爱古渡,掩抑于茂密大榕树下
缄默恪守每一个清晨和夜晚的古渡
无论世界怎的喧闹或寂寥
皆只面对一条阻断道路的水
自渡,渡人

深刻的意义

每次,那个拄着拐杖的小姑娘到达办公楼时
小保安都会马上主动跑过去给她开门
然后,按好电梯,看着她进电梯
平时,他只是坐在保安室里尽职
即使领导过来,也一动不动
小姑娘的父亲,每天骑着自行车送女儿上班
停在大门口,看着她进电梯后才放心离开

这一场景应该持续了很多年
我虽然来这里的时间不长,但已看到过好多次
直到这个秋天来临,寒风瑟瑟的清晨
我才意识到其中深刻的意义
并为之专门写下这首诗

小社会

当我发现院子里的树长高了的时候
院子里的孩子们也似乎一夜之间长高了

这个暑假,孩子们还是在院子里尽情地欢闹
他们相互之间玩得很熟了
不分彼此地混在一起追逐着叫喊着
连树上的小鸟、草地上的小狗也被感染了
大大小小天上地下都在一起喧嚷着吵闹着

突然,一个孩子受伤了
其他孩子都围了过来
说话也变得轻声细语小心翼翼
有为他揉伤的,有扶着送他回家的
……

这构成了多么和谐的一个小社会
足以成为所有大社会学习的典范

金华江边有所悟

微雨之中，我再一次来到江边
沿着杨柳垂拂的小径孤独前行
途中遇到过几个百无聊赖的少年
喧嚣的市声跟随身边，怎么也摆脱不了

在到来之前，我恰陷入深深的困倦
旅途的奔波，对世事的厌烦，以及
无端遭遇的无来由的深重的虚无感
即使在最深沉的睡梦之中也无法消除

大梦一场，也抵消不了内心的抵触
那些所谓功名利禄蝇头小利的计算
如浓厚的无处不在的雾霾一样包围人世
每一滴汁液都蕴含微量毒素渗入人们的神经

在流淌的金华江边，我慢慢地走着
目测江对岸世界的广度，体验时间的长度
清风携带着细雨飘散到我的脸上
我的呼吸开始和江流一样变得平缓起来

在青色的天空下，在越来越开阔的江面上
我看见一只白鹭在微波之上缓缓地飞行

小城

时令青菜
是这柴米油盐庸常日子里的一点新意

小城市里最温馨的一幕:
茶馆里,几乎每个人都在不停地打招呼
因为他们互相都认识

偶尔

花儿,偶尔在墙角探头
一种触目惊心的美

月儿,偶尔从院子里经过
一种惊心动魄的悲伤

泄露

她垂下眼帘
关闭了自己内心的秘密
仿佛一睁开就会泄露似的

她总是这样神秘而遥远
仿佛白云之下
墙角独自摇曳的一株幽草

秋之夜

寂寞,被一只蟋蟀按在了墙角
并压上了一块石头

雨加浓了酒,酒加重着愁
但投入黑暗深处的深沉一觉
就可以解决一切问题

美的分寸感

美的分寸感
呈现在她每一缕
精心梳理过的细腻的发丝上

深夜,他蹑手蹑脚地潜入
却仅仅亲吻了一下她的额头
没有偷走任何东西,包括她的心

春夜

春夜,无人时
一个青年男子,在树木稀疏的小道上
优雅地脱下白衬衣
搭在左肩上

他经常在林中散步
呼吸着草木之清香气息

在北方的林地里

林子里有好多条错综复杂的小路
有的布满苔藓,有的通向大道
也有的会无缘无故地消逝在茫茫荒草丛中
更让人迷惑的,是有一些小路
原本以为非常熟悉,但待到熬过漫漫冬雪
第二年开春,却发现变更了路线
比如原来挨着河流,路边野花烂漫
现在却突然拐弯通向了幽暗的隐秘深谷

这样的迷惑还有很多,就像头顶的星星
闪烁了千万年,至今还迷惑着很多的人

南渡江

每天,我都会驱车去看一眼南渡江
有时,仅仅是为了知道晨曦中的南渡江
与夕阳西下的南渡江有无区别
或者,烟雨朦胧中的南渡江
与月光下的南渡江有什么不同

看了又怎么样?
看了,心情就会好一点点

西湖边

为什么走了很久都没有风
一走到西湖边就有了风?
杨柳依依,红男绿女
都坐在树下的长椅上
白堤在湖心波影里荡漾

我和她的争吵
也一下子被风吹散了

云国

多年来,这风花雪月的国度
在云的统治下,于乱世之中得以保全

耽美的闲适家们悉数沦陷
一边是苍山,一边是洱海
左手是桃红,右手是柳绿
最适合做白日梦,或携酒徐行

深夜,店家坐在冷清的柜台前
掂量着手中的银子和几钱月光
当全球化的先遣队沿高速公路长驱直入
虚度光阴的烟霞客也开始有焦虑感

依靠三塔能否镇定生活和内心?
至少,隐者保留了山顶和心头的几点雪

春寒

又一个幽静的所在
是灿烂野花的秘密行宫
是繁茂草木的深邃渊薮

这藏幽纳静的所在啊
暗地里依恃着清水的涵养
绿杨掩映下的深潭
青石板路上滑腻的苔藓
还有啊,雨后寂寞地等候着的
只容得下一个人过去的小木桥

只是,在此处,林深暗淡了桃红
清贫,抑制了酒色

岭头黎家爱情

只有在尽情欢娱的间隙
她才偶尔给他发发短信
他会为此一整夜辗转反侧

只有在空虚的那几天
她才会埋怨他不去看她
于是他当了真,一晚上守在她家楼下

他听了一夜的溪声
她也没有回来
这个爱情的候补者
就这样蹲在黑暗的角落里
闻到了夏夜槟榔花散发的迷香

江南小城

慢得仿佛回到了前一个世纪……

风慢得适合在柳条间缠绵
船慢得适合在狭长的运河上漂荡
人慢得适合在此散步流连抒情
——和每一个人都要点头问好
你慢得适合幽居在一个寂寞的巷子里
——小院深深绿荫浓

而这一切啊,慢得适合回旋回忆回味
当一朵花从桥上扔到我头上
我久久没有回过神来……

偶过古村落

村头，鲜艳的凤凰花在枝头招摇

回首处，一扇小门春风外
满院绿荫红杏生

来时是蝴蝶引路，如入迷宫
去时则黑狗相送，走出花丛

村庄仍然掩映在老榕树的庇护下
窗口的青山，也越来越远

古井里的那一潭幽绿
是此地最迷人的古董

道

道藏于野
在这深山里
道,就是那一朵独自灿烂的白菜花

在这半亩土地上
已经长出了木瓜、南瓜、阳桃和韭菜
就像我在纸上写出了云、流水、小站和暴风雨

疏离感

春天来了
飞絮吹得每一个人心里慌乱

雨中,细小的草在呐喊
台阶上溅起水花
随后散成泡沫

细雨中仍穿戴整齐彬彬有礼的他
显现出与这个时代的一种礼貌的疏离感

我是有背景的人

我们是从云雾深处走出来的人
三三两两,影影绰绰
沿着溪水击打卵石一路哗哗奔流的方向
我们走下青山,走入烟火红尘

我们从此成为云雾派遣的特使
云雾成为我们的背景
在都市生活也永远处于恍惚和迷茫之中
唯拥有虚幻的想象力和时隐时现的诗意

过临海再遇晚秋

当此寒风萧瑟一季,若北人南下
必再度遭遇晚秋、江南、落英和迟桂花
香气氤氲,易使灵魂散佚,情陷太深
落叶金黄,让人目迷眼花,不辨身世
远处,田野里还摇曳着数株晚熟的麦穗
窗口,满树橘子点染秋色
古城墙头,藤缠的旧钟高挂
早晚霜打过的枫叶更红……

倘使还有黄酒、蟹黄佐秋菊款待
我这贪婪的诗意的寻芳客
定将狠狠地榨取美的最后的剩余价值

常熟记

常熟是一个浓缩版的江南小城
兴福禅寺的覃油面,方塔街的包子铺
热气腾腾地渲染着日常生活的气息
老街的青石板时不时地被高跟鞋叩响
旗袍女子飘过,栀子花香随之洒满一路

尚湖是一片睡在飘拂的垂柳之下的绿水
古琴径传云外,数只白鹭悠悠远去
当然,湖水的鲜绿,鱼儿的活泛
还有赖于运河上小船的殷勤穿梭
以及湖边草丛里野鸭子的喧哗折腾

虞山是一座草木朦胧的青山
它的高度,由长江下游堆积的巨石烘托
那枚别在树梢的云霞,是天空褒奖的徽章
最让人肃然起敬的,是在郊外
鸟鸣覆盖之下,沉睡着一些伟大的灵魂

珞珈山的鸟鸣

珞珈山是一片茂密森林,也是鸟鸣的天地
清晨鸟鸣啾啾,此起彼伏
正午鸟鸣交织,覆盖森林
黄昏,则只剩一两声鸟鸣悠然回响
你所能体验并有所领悟的最微妙的境界
全在于你能否听得懂鸟鸣

我也与鸟鸣有过秘密的交流呼应
孤独无依时,你安慰过我
寂寞无聊时,你与我对话
有一次,一只鸟儿冲我反复啼鸣
引领我进入一片丛林
然后,我好奇地跟了过去
来到一片空地,惊讶地发现
呵,眼前湖光山色,豁然开朗
原来,这里才是珞珈山俯瞰东湖的最佳位置

就这样,当我还在懵懂无知的十七岁的时候
你给我启迪了一个全新的世界

后现代意象

站在中国高铁株洲制造工厂
我的思绪一下折回人类速度史
从驴车马车轮船汽车到火车飞机
我的心一路加速,如绷紧的子弹头
以二十一世纪的高速迅速发射出去

然而,在我的身边
是永远缓缓流淌的沉稳的湘江
这是衡岳缙云韶峰苍梧构成的画廊
这是潇湘芙蓉桃源洞庭编织的意境

那些伟大的高峰

博格达峰，乔戈里峰
托木尔峰，汗腾格尔峰
还有慕士塔格峰，友谊峰……

我和新疆的朋友们谈起这些伟大的高峰
总是肃然起敬，无法抑制激动
他们却只是淡淡地，仿佛
是谈论他们的某位亲戚或朋友
他们熟悉得可以随口说起，娓娓道来

确实，在乌鲁木齐
我推开窗户，就看到了
在阳光下闪耀着的博格达峰

草原上的醉汉

草原上野花烂漫,酒瓶满地
醉汉骑在马上,东摇西晃
但就是掉不下来

传说人醉后灵魂会出窍
相比身体,灵魂走得有时快有时慢
所以醉汉一会儿往东一会儿往西
追寻着自己的灵魂,生怕丢了

草原上的醉汉不会迷路
忠诚的马会把他带回家

听蒙古长调

昨日，在和布克赛尔
我听到一曲美妙绝伦的蒙古长调
女歌手的声音云雀一般清越高远
直抵云霄，擦亮流云
又在云间缭绕盘旋
最终不知栖落何处

今天，在阿勒泰的湖滨旅馆
我又听到了昨日的余音袅袅
原来，那撩人心弦的长调
翻越了阿尔泰山
落向了喀纳斯湖

我总是遇见苏东坡

我总是遇见苏东坡
在杭州，在惠州，在眉州，在儋州
天涯孤旅途中，我们曾相互慰藉
这次，在黄州，赤壁之下，你我月夜泛舟高歌

"你们前世肯定是经常一起喝酒的兄弟伙"
是的，我喜欢听这样的说法，你我有很多相似之处
皆酒量平平，但嗜酒，其实是嗜醉，佯狂
这也许是乱世最好的逃避之道，酒可破愁抒怀

你还谙熟相对论，这也是心灵的物理学
自其变者观之，万物不过一瞬
自其不变者观之，你我这样的兄弟可以饮同一场酒
你曾凭此躲过了迫害、抑郁抑或癫狂的可能

相遇终有一别，东坡兄，我们就此别过
长江边，芦草地，浮云和浮云亦曾邂逅
流水和流水亦曾亲密无间
远方，甚至唯有更远，才是最终的方向

街景

小女孩跌跌撞撞往前一路小跑
母亲大包小包在后面一路追赶

慢点,别摔了
母亲声音小而惊慌
小女孩嘻嘻哈哈,不听,继续跑
丢东西了,别跑了!
母亲加快了步伐
小女孩看母亲追不上自己,高兴坏了,还在跑
丢钱包了!
母亲又补充了一句

我看了一眼
母亲自己还是一个小女人
母亲比小女孩还要害羞

二十四桥明月夜

一个人站在一座桥上发短信
另一座桥上也有一个人在发短信
一座桥可以看见另一座桥

夜色中伫立桥上发短信的人儿啊
显得如此娇嫩、柔弱
仿佛不禁春风的轻轻一吹

春

白鹭站在牛背上

牛站在水田里

水田横卧在四面草坡中

草坡的背后

是簇拥的杂草，低低的蓝天

和远处此起彼伏的一大群青山

这些，就整个儿构成了一个春天

四合院

一座四合院,浮在秋天的花影里
夜晚,桂花香会沁入熟睡者的梦乡
周围,全是熟悉的亲人
——父亲、母亲、姐姐、妹妹
都在静静地安睡

那曾经是我作为一个游子
漂泊在异乡时最大的梦想

可能性

在香榭丽舍大道的长椅上我曾经想过
我一直等下去
会不会等来我的爱人

如今,在故乡的一棵树下我还在想
也许在树下等来爱人的
可能性要大一些

江边小店

山城有些冷,在寒风中
连穿城而过的江水
也流得滞缓了许多

这是冬天,街头萧条
早晨还在营业的小餐厅只有一家
我走进去时,满地麻雀惊散
争先恐后往外逃命

原来,它们也是前来觅食的
在桌上、地上、灶台边低头寻觅
主人也懒得驱赶,在一旁包小笼包
一只大花猫躲在角落里取暖

来一碗热面条!我坐定,安静了片刻
麻雀们瞅瞅没什么危险
又全飞回来了
冷清的小店里平添了几分热闹

暴风雪之夜

那一夜,暴风雪像狼一样在林子里穿梭
呼啸声到处肆虐
树木纷纷倒下,无声无息
像一部默片上演
我们铺开白餐巾,正襟危坐
在厨房里不慌不忙地吃晚餐
而神在空中窥视

只有孩子,跑到窗户边去谛听

南山吟

我在一棵菩提树下打坐
看见山,看见天,看见海
看见绿,看见白,看见蓝
全在一个大境界里

坐到寂静的深处,我抬头看对面
看见一朵白云,从天空缓缓降落
云影投在山头,一阵风来
又飘忽到了海面上
等我稍事默想,睁开眼睛
恍惚间又看见,白云从海面冉冉升起
正飘向山顶

如此循环往复,仿佛轮回的灵魂

山中

木瓜、芭蕉、槟榔树
一道矮墙围住
就是山中的寻常人家

我沿旧公路走到此处
正好敲门讨一口水喝

门扉紧闭,却有一枝三角梅
探头出来,恬淡而亲切
笑吟吟如乡间少妇

同学

他是同学中的弱者,读书时
总是紧紧跟在我后面,我只要一转身
他就可能遭人取笑或欺负
每次我撇开他单独行动时
他总是眼巴巴地看着我远去

二十年过去,听说他仍是社会中的弱者
出差时我顺便去看他
在一家公司的三层楼上
他将自己深深地埋在办公桌里
不时有人过来给他发指示
他就唯唯诺诺频频点头

我要走时,他死死抓住我的手
执意要把我送到楼下
并摸出一些散票要给我付车费
我拦住他,塞了些钱到他手中
说没给侄子买礼物权当红包吧
我上了车,开出很远
回头看到他还眼巴巴地站在原地

雾的形状

雾是有形状的
是看得见摸得着的

雾浮在树上，就凝结成树的形状
雾飘散在山间小道上，就拉长成一条带状
雾徘徊在水上，就是水蒸气的模样
雾若笼罩山顶，就呈现出塔样的结构
雾是有形状的
是看得见摸得着的

唯有心里的雾啊
是隐隐约约朦朦胧胧的
是谁也不知道它是什么样的形状的
它盘踞在心里，就终年不散
沁凉沁凉的，打湿着一个人的身与心

如果我们硬要说它像什么形状
我们只能说它像谜的形状

潇湘夜雨

回到故乡,街道是新的
开出租车的司机居然不会讲当地话
大楼是新的,旋转门也是新的
进进出出花枝招展的女孩一看就是新来的
超市的油漆还未干,散发着呛人的气味
二楼的星巴克也是新搬来的
服务员装模作样的服装很新奇

还好,到了夜晚,坐在家里
我打开窗户,听了一夜雨声——
只有这个是熟悉的
这淅淅沥沥下了一整夜的雨啊
就是著名的潇湘夜雨

夜晚,一个人的海湾

当我登临这个海湾
我感到:我是王
我独自拥有这片海湾
它隐身于狭长的凹角
三面环山,一面是一泓海水——
浩渺无垠,通向天际

众鸟在海面翱翔
众树在山头舞蹈
风如彩旗舒卷,不时招展飞扬
草亦有声,如欢呼喝彩
海浪一波一波涌来,似交响乐奏响
星光璀璨,整个天空为我秘密加冕
我感到:整个大海将成为我的广阔舞台
壮丽恢宏的人生大戏即将上演——
为我徐徐拉开绚丽如日出的一幕

而此时,周围已经清场
所有的灯光也已调暗
等待帷幕被掀起的刹那
世界被隔在了后面
世界在我的后面,如静默无声的观众

安静

临近黄昏的静寂时刻
街边，落叶在轻风中打着卷
秋风温柔地抚摸着每一张面孔
油污的摩托车修理铺前
树下，一位青年工人坐在小凳上发短信
一条狗静静地趴在他脚边

全世界，都为他安静下来了

她们

清早起来就铺桌展布的阿娇
是一个慵懒瘦高的女孩
她的小乳房在宽松的服务衫里
自然而随意地晃荡着

坐在收银台前睡眼蒙眬的小玉
她白衬衫中间的两颗纽扣没有扣好
于是隐隐约约露出些洁白的肉体
让人心动遐想但还不至于起歪心

这些懵懵懂懂的女孩子啊
她们浑然不知自己的美
但她们模糊地意识到自己的弱
晚上从不一个人出门上街
总是三三两两，勾肩搭背
在城市的夜色中显得单薄

自由

春风没有禁忌
从河南吹到河北

鸟儿没有籍贯
在山东山西之间任意飞行

溪流从不隔阂
从广西流到广东

鱼儿毫不生疏
在湖南湖北随便来回串门

人心却有界限
邻居和邻居之间
也要筑起栅栏、篱笆和高墙

没有西西不好玩

她一直在西西家的楼下走来走去
妈妈在一旁看着她
她急躁不安,嘟着嘴嘀嘀咕咕
说不好玩,说西西不出来
就一点都不好玩……
妈妈说那你叫她下来呀
她抬头看了看西西家高高的窗户
忸忸怩怩不好意思开口
就一直和自己别扭着

她真是喜欢和西西在一起玩啊
她一看见西西,就会安静下来
当然,也有可能更疯

事故

十字路口
一辆汽车和另一辆汽车发生了碰撞
两辆趾高气扬横冲直撞的汽车瞬间粉身碎骨

于是,所有呼啸而来呼啸而去的汽车
暂时地停了下来
它们小心翼翼地东张西望
探头探脑地放慢了速度
甚至,它们还停顿静默了那么一会儿
然后,绕过这钢铁的尸体扬长而去

那停顿静默的一会儿,就好像是一次短暂的默哀
一个简单的小型的哀悼会
奔驰、宝马、法拉利、劳斯莱斯
都加入了进来,无一例外

上海短期生活

在尚湖边喝茶，看白鸟悠悠下
到兴福禅寺听钟声，任松子掉落衣裳里
在虞山下的小旅馆里安静地入睡……
一度是我上海短期生活的周末保留节目
和作为一个中产阶级的时尚品牌

美好的时光总是短暂得来不及回味
公路像毛细血管一样迅速扩张
纵横交错地贯穿在长江三角洲
沪常路上，车厢里此起彼伏的
是"甲醇多少钱一吨？"
"我要再加一个集装箱的货"，等等
语气急促、焦躁，间以沮丧、疲惫

后来遇到了她
我是悠闲的，让她产生了焦虑
感到了自己生活的非正常
她的焦灼干扰着我
让我也无法悠闲下去
成了一个在长江三角洲东奔西走的推销员

异乡人

上海深冬的旅馆外
街头零星响起的鞭炮声
窗外沾着薄雪的瘦树枝
窗里来回踱步的异乡人

越夜的都市越显得寂寥
这不知来自何处的异乡人啊
他在窄小的屋子里的徘徊
有着怎样的一波三折
直到他痛下决心,迈出迟疑的一步

小酒馆里昏黄的灯火
足以安慰一个异乡人的孤独
小酒馆里猜拳行令的喧哗
也足以填补一个异乡人的寂寞

撞车

当汽车驰过
金属野兽的轰隆声低沉而浑浊
它大马力的冲击无人可挡
没有肉身能扛住它的轻轻一撞

车撞上狗的一瞬
我身体一缩，心里一紧
疼痛如墨汁在宣纸上渗延
紧急刹车，也无法避免这一切

就像无数次
车替人承受了一撞
车被撞上时的那种心痛
也是一样的，也是承受一种死亡
一种无法躲避的命运
人安然无恙，车却满身伤痕

我又看到了车祸
人倒在地上，鲜血像是染在了衣袖上
那触目惊心的红
真的发生了，反而显得不真实

时间静止,仿佛电视剧拍摄的中场
自行车像是一个摆设的道具
那辆汽车也似乎无事
只有那个人,慢慢地瘫软
最后四脚朝天

并不是所有的海……

并不是所有的海
都像想象的那么美丽
我见过的大部分的海
都只有浑浊的海水、污秽的烂泥
一两艘破旧的小船、废弃的渔网
垃圾、避孕套、黑色塑料袋漂浮海面
和我们司空见惯的尘世毫无区别
和陆地上大部分的地方没有什么两样

但这并不妨碍我
只要有可能,我仍然愿意坐在海滩
沉思默想,固执守候
直到,夜色降临凉意渐起
直到,人声渐稀潮声渐小
直到,一轮明月像平时一样升起
一样大,一样圆
一样光芒四射
照亮这亘古如斯的安静的人间

花坛里的花工

夏日正午,坐在小汽车凉爽车厢里的男子
在等候红绿灯的同时也悠然欣赏着外面的街景
行人稀少,店铺冷清,车流也不再忙乱
那埋身于街边花坛里的花工俨然一道风景
鲜艳的花草在风中摇曳,美而招摇
花丛里的花工动作缓慢,有条不紊
花工的脸深藏于花丛中,人与花仿佛融在了一起

而花工始终将头低着
深深地藏在草帽里面
他要抵御当头烈日的烘烤
他还要忍受背后淋漓的大汗
一阵一阵地流淌

河流与村庄

一条大河
是由河流与村庄组成的

一个村庄
是一条大河最小的一个口岸
河流流到这里
要弯一下,短暂地停留
并生产出一些故事

杏花村、桃花村、榆树村
李家庄、张家庄、肖家庄
牛头村、马背村、鸡冠村
又在河边延伸出
一个个码头、酒楼与小店铺
酝酿着不一样的掌故、趣闻与个性

然后
由大河,把这些都带到了远方
并在远方,以及更远方
传散开来

夜行

我们这一列深夜出行的队伍
坐在雪橇上,像一支黑暗中秘密行动的小分队
向着灯火依稀的小镇出发

马蹄声声,敲击着冰冻的路面
仿佛队列行进的古老的节奏
马打着响鼻,呼出的热气在寒冷中迅疾消失

马有的快,有的慢
快的马碰到前面的雪橇,就自行刹住
马背上的毛沾着细碎的雪屑
在昏暗的马灯下晶莹闪亮

天空是鹰的帝国,此时沉寂
但安静中积蓄着一种爆发力
果然,蓦地一只黑鹰不知从何处射出
姿势优美有力,似乎被派来和我们抢速度

地下到处是冻硬的马粪
我相信如果捡起来掷出去
它的硬度一定胜过石头

在古代这肯定是最好的冷兵器

但这刻我们忍受寒冷的能力已接近极限
我们全都袖着手缩着头,比赛着沉默
无心周边的景物,没有了任何争胜之心
我们急切期盼的只是
尽快赶到最近的一户人家的炉火旁

夜深时

肥大的叶子落在地上,触目惊心
洁白的玉兰花落在地上,耀眼炫目
这些夜晚遗失的物件
每个人走过,都熟视无睹

这是谁遗失的珍藏
这些自然的珍稀之物,就这样遗失在路上
竟然无人认领,清风明月不来认领
大地天空也不来认领

致李白

古今共有一片青天
你我共有一种情怀

春风是我们的大道
海色是我们的归途

我欲乘风揽明月
余皆为小事,何足道哉

忆上林湖

那一年,一个以春天名义的雅集
四位俊友,在湖中小船上逍遥
青梅酒令人兴致勃勃,但不至于癫狂
我还年轻红润,你也身体无恙
正是意气风发的洒脱年龄
文质彬彬的节制之后,渐露狂野
出口成诗,挥洒落笔,举杯敬清风和青山

一整个春天的清香都在四围流淌
我们尚不知已被时代的幸运之神垂顾过
此后,我温润如玉,你坚如青瓷
而另外两位,也如竹与兰在尘世各自馨香

在射洪谒陈子昂读书台读杜甫诗

众山相拥,唯金华崔嵬
涪水到此处,别有气象

千年之后,我亦慕名而来
青苔遗石痕,得诗圣谒陈公题诗处

长廊流连者,多是仰望之人
书斋踟蹰者,不乏得道之士

风云变幻之间,多慷而慨之
世事动荡之际,随遇而安

此次仅以一小杯沱酒略表敬意
待我下次过来再痛饮三天

一声长啸破青空
呜呼哉
独立高台之上,顿生低首之心
极尽天涯之境,忽有回头之意

在松溪遇见青山

星夜,携一本王维诗集到松溪
早晨推开窗,抬头就是满目青山

夜行车的清风已经提醒过我
这一定是郁郁松林里才有的草木清香

通往青山的道路有几条?
有一条肯定是我这样循迹连夜而来的

在松溪,青山无处不在
你有意抑或无意,前后左右都会邂逅青山

在青山之下,你想到的也许是都市红尘
那就把青山独独留给我吧
我愿在此逍遥度世,度过与世无争的一世

写给十八洞的诗

对于诗人来说,衡量去一个地方有无意义
就是看能否写出一首诗来

就这样,十八洞进入了我的诗里
梨子寨竹子寨飞虫寨进入了诗里

梨子寨在深山之中高山之上
云雾常围绕半山腰,浮在云端之上

小龙十二岁就是孤单一人,无人管束
只知道找村干部要饭吃要酒喝

后来自己外出谋生,漂泊打工
养成了酗酒的毛病,醉了就躺在街边

早已习惯被叫作酒鬼的大龄青年
听闻喜讯传来,才被工友点醒赶回家中

小吴是一个上进女青年,但要求也很高
相亲会上,纳闷小龙这么帅居然没人要

心里一动,往往是爱情的开始
终于,他们克服各种阻挡走到了一起

小龙办起了养蜂合作社,小吴做妇女工作
他们生了一个宝贝女儿,每天笑得合不拢嘴

在十八洞,这一家现在被誉为甜蜜一家
成为新时代美好生活的典范

梨子寨最高处最古老的一棵梨子树
几百年也没见过这样的景象

十八洞如今成为中国的小康典型
绿水青山家好人美,还需要增加诗情画意

在北碚

一

据说自在是此地典型的生活方式
溪水相伴,花草长期驻扎在窗前
白云,随一声声鸟鸣不时地来探望你

孤独,由此打开深邃的境界
缙云山,就这样提升了你精神的高度

二

倾听了太多的灵魂的诉说
北碚文化馆,绵延着悠远的记忆
一场细雨,薄薄地打湿清晨的石板地面……

我走过,披着一件历史的风衣
这文明传递的温暖,一直慰藉我到了现在

三

花鸟市场、广场舞和麻将火锅
另一个时代里则是慷慨激昂奔走呐喊

到平民学校去教书认字去开启民智

那个挥动着报纸大声疾呼的长袍眼镜青年
一定是风靡一时的街头偶像

四

北碚往事太多,仰望、沉思和叹息也多
心底就总想和这里发生一点关系
那就为之写一首诗吧

那些枫叶一样火红的岁月哦
写了,就应该像诗里写的那样去生活!

春到万家村

海南岛的春风总是发动得更早
更早的,三角梅已经占领街角与山头

海南岛的春色总是蔓延得更快
更快的,槟榔树已经亭亭玉立妩媚动人

海南岛的燕子总是勤快又敏捷
抢先一步的,村民早已在水田里低头插秧

当一层薄薄的雨水滋润着万家村
我就知道:春光春意就是在这里酝酿而成

垂竿钓海

我坐在高高的悬崖上
垂竿钓鱼
我感到:我只要一提起竿
就能将整个大海钓起来

一根线就将整个大海牵起来

还有什么比这更大的力量
可以牵动你整个的心和整个的世界?

天涯

世外大洞天,但我宁愿长居于此
守住心中一方小洞天

吟赏烟霞,驱驰云浪
幽寂中常起野兴,彻夜吹箫
或孤独时一个人远走南山
明月下自行燃放烟花

偶然,行走落叶间
会溅起零落草丛间的三两只蟋蟀
彼此都会一惊

海风中摇曳的明艳的三角梅的背后
是海角,更远处
是天涯……

石梅小镇

云朵,停留在小镇的上空
慵懒,也停留在了这里
我们停留下来,就把心弦系在了岸边
我们停泊在这片海湾,就像倒在了美人的怀里
谁还愿意去漂泊四方?

这山和海之间的小镇啊
仿佛一座古老的植物园
槟榔长在路口,剑麻开满后院
重重叠叠的香蕉林啊,占领了全镇的领土
它们还将去攻占高高的山坡

我们躺在一张吊床上
在一棵椰子树与另一棵椰子树间晃荡
偶尔睁开眼睛,就看见少女曼妙的身影
在林子深处一闪,就消失了
随之消失的还有一双明亮的眸子

云朵,还停留在青皮林的上空
鸟群,也停留在了这里
我们曾经和飞鸟是同一家族

但如今再也不愿意到处寻觅奔波

只想停栖在这里,在一片蝉声中休憩

海上小调

海风吹着船,船上很多床
船就是一张大床
在波浪之中摇晃
海浪声如同催眠曲
深夜坐船的人难以入眠

深夜坐船的人
无论怎么看都像是一群逃难者
感觉是被从陆地上放逐
在茫茫大海上,心神不宁
眼睛总是搜寻着点点渔火
抑或一盏灯、一个岛屿和海岸线

凡是深夜流浪过的人都知道
宁要一张安稳的床
不要一条动荡的船

三角梅小院

三角梅占据这个院子的中心
清风则是这里的特色

在这海边的小院里
绿叶和青藤从海滩一直爬到墙角
码头从小院直接伸到海中央
海风清爽啊,小弟砍椰待客忙
我躺在一张吊床上晃晃悠悠

在辛苦忙碌了一天之后
这是上天给我的最好的恩赐

诗

当黄昏将一切溶化
连小鸟也没入暮色中
亭台楼馆也被黑暗收走
我们徘徊在海滩边

也许,诗不过是偶尔溅起的浪花
当时代变迁如波涛汹涌
每一次剧烈的搅动将一切翻涌

但大海永远是巨大的幕布般的背景
天空,则是人们仰望的方向

少年时

巨大的蟒蛇在月光下游动

在沙滩上剧烈地摔打

宣泄积蓄已久的焦灼与蛮力……

我们偷偷在树丛后面窥探

屏住呼吸,压抑着紧张、激动和惊讶

呵,远处一起浮动闪烁的

还有海浪,波光粼粼

吞吐着的潮汐一阵一阵地席卷过来

台风天

台风天,人们如困在笼中的野兽一样焦虑
火车汽车轮船飞机都停了
海南岛成了一座孤岛
四面大海,飞溅的浪花拍打着礁石
每一个人都感到自己
被上帝丢弃,像无人领养的孩子
惶惶然不可终日……

人们只能在狭窄的房子里守着电视
在黑暗中盯着手机烦躁地反复刷屏
窗外张牙舞爪的树枝,扫荡着高墙
一下,一下,又一下……

而我在暴风雨中酣睡
一副彻底沉入另一个世界的表情
响起一阵又一阵对于世事不管不顾的响亮鼾声

在海上

在南海，鱼群经常像部落一样迁徙
迁徙过程中，红鱼部落会遭遇银鱼部落
海面上漂浮着一幅斑斓的织锦图案

在鱼的世界里，船和人是稀罕之物
我们每一次的到来都会引起轰动围观
鲣鸟汇集桅杆盘旋飞翔
飞鱼欢欣雀跃，在两侧你追我赶

红鱼一族、银鱼一族和鲨鱼一族
狂欢似的追逐着船尾的浪花，竞相潜跃
我们率领着一支鱼的混合部队
在大海上劈波斩浪，勇往直前

黄昏，一个胖子在海边

人过中年，上帝对他的惩罚
是让他变胖，成为一个大胖子
神情郁郁寡欢
走路气喘吁吁

胖子有一天突然渴望看海
于是，一路颠簸到了天涯海角
这个大胖子，站在沙滩上
看到大风中沧海落日这么美丽的景色
心都碎了，碎成一瓣一瓣
浮在波浪上一起一伏

从背后看，他巨大的身躯
就像一颗孤独的星球一样颤抖不已

邻海

海是客厅,一大片的碧蓝绚丽风景
就在窗外,抬头就能随时看到

海更像邻居,每天打过招呼后
我才低下头,读书,做家务,处理公事
抑或,静静地站着凝望一会儿

有一段时间我们更加亲密,每天
总感觉很长时间没看海,就像忘了亲吻
所以,无论回家有多晚,都会惦记着
推开窗户看看海,就像每天再忙
也要吻过后才互道晚安入睡

多少年过去了,海还在那里
而你却已经不见,我还是会经常敞开门窗
指着海对宾客说:你们曾用山水之美招待过我
我呢,就用这湛蓝之美招待你们吧

冲决雾霾囚狱的潜艇

雾霾浓重的都市,铺天盖地的污浊
高楼阴森,飘忽的人影都像鬼魂
车灯幢幢,仿佛来自深渊的探照灯
整个都市大得像人间最大的一间毒气室
深得像暗无天日的深海海沟

我心底涌现的深重的幻灭感
才是更可怕的一种意识的雾霾
阴暗的念头如灰尘,渗入每一个毛孔
神经忍受着黑色炸弹无休止的轰炸

早知如此,我应该从南海开来一艘潜艇
封闭严实,百毒不侵
这样就能来去自如,冲决囚狱
这样就能勇往直前,撕开黑幕

孤独乡团之黑蚂蚁

每一棵榕树都是一片林子
且相互连接自成一片森林
鸟儿栖息其上,长须飘拂而下
偌大的绿荫冠盖将孤独也掩埋其间

唯有那株细长的槟榔树站在不远处
不肯靠近,它们不是同一种类型
它茕茕孑立,显得孤单而自负

每一座岛屿就是一个孤独的乡团
散落在这一片云水茫茫的海天之际
海水让它们相互隔绝又相互守望
那些穿梭其间的鱼群与帆船与它们毫不相干

月亮是那最小的一个孤独乡团
但它与这些岛屿不在同一个平面
它总是游离向更遥远更浩瀚辽阔的太空

但那些遨游宇宙的星球其实也是孤独的
就像老榕树树干上爬行的小蚂蚁一样
又黑又亮,触目惊心

海边小镇

这个寂寥的海边小镇
只有一朵云在上空徘徊

街头空空荡荡,居民踪影全无
只有一条狗在探头探脑
只有一群鸟儿貌似不速之客
自己在门前觅食
只有灰白斑驳的老钟楼
破旧得俨然自古就已如此
只有路边的凤凰花开得还算热烈
每天都新鲜绽放

我在一家小旅馆听了一夜风雨
第二天起来,地面洁净,天空晴朗
风雨仿佛从未来过

海边怀人

云暗草木深
我徘徊林下,预感到幽暗的事物正在聚拢
而我仍在怀念她如红槿花的明媚、艳丽

她的性感,就像夏天的空气里饱含着水分
随时能淋我一身甜蜜而快乐的雨
又像海边树丛中潜藏的风
随时能掀起三分迷人的浪

我的永兴岛

那一片片白云飘落的地方
就是永兴岛
岛上姑娘的纱巾
比白云还要洁白

那一朵朵浪花盛开的地方
就是永兴岛
岛上美丽的鲜花
比浪花还要绽放

那一层层晚霞映红的地方
就是永兴岛
岛上炊烟的升起
总在日落之时

那满天晨曦照亮的地方
就是永兴岛
岛上渔民的渔船,出海很早
他们划向的方向
就是晨曦射过来的方向

站在大海边

站在大海边,我就想
何不乘一叶扁舟,于俗世之中
远离困扰纷争,独自漂流江海
隐于小岛荒洲,藏身草野芦丛
偶有喜悦似小浪花,时常闪耀
任小舟颠簸漂流,不管东西
漂向何处是何处
漂到何时是何时

大海是超强溶剂
可以将一切忧愁烦恼溶解
大海是巨型消音器
可以将所有喧嚣争吵吞没

玉蟾宫前

一道水槽横在半空
清水自然分流到每一亩水田
牛在山坡吃草,鸡在田间啄食
蝴蝶在杜鹃花前流连翩跹
桃花刚刚开过,花瓣已落
枝头结出一个又一个小果

山下零散的几间房子
大门都敞开着,干干净净
春风穿越每一家每一户
家家门口贴着"福"字

在这里我没有看到人
却看到了道德,蕴含在万物之中
让它们自给自足,自成秩序

假如，假如……

假如，我是万嘉果庄园的主人
我每天都要在蝴蝶的簇拥下巡游三圈
结识庄园里的每一株花每一棵草：
跳舞兰、海棠花、红毛丹
棕榈树、凤凰木、七姐妹花
探寻庄园里所有花草的秘密：
神秘果可以改变味觉
狐狸椰的枝叶美艳如狐狸尾巴……

假如，万嘉果庄园是我的领地
我会养三四条狗、七八个孩子
让他们每天在庄园的野地里游戏玩耍
在偌大的林子里自由地穿梭奔跑
太阳一出来，就把他们放出去
雨一下，他们就会自动跑回来
一到黄昏，就用铃铛召唤他们回家吃饭
或者，派狗去把他们领回来……

我自己呢，就坐在屋顶的亭子间
在清风和柠果香中喝茶吟诗

抬头,看看四围青山
低头,看一连串落花和果子坠地
——寂静无声

鹦哥岭

鹦哥岭上，芭蕉兰花是寻常小景
鸟啼蛙鸣俨然背景音乐
每天清晨，松鼠和野鸡会来敲你的门
如邻里间的相互访问

作为一名热衷田野调查的地方志工作者
我经常会查阅鹦哥岭的花名册
植物谱系在蒲桃、粗榧、黄花梨名单上
最近又增添了花叶秋海棠和展毛野牡丹
动物家族则在桃花水母、巨蜥、云豹之外
发现了树蛙和绿翅短脚鹎

而观测室里也记录了鹦哥岭近期的两件大事
一件是十万只蝴蝶凭借梦想飞过了大海
另外一件是二十七个青年挟着激情冲上了山顶
下山时几支火把在漆黑的山野间熊熊燃烧

呀诺达之春

春雷惊动了一只蜥蜴
在呀诺达,春风也吹醒冬眠的壁虎

由一点嫩芽开始起义
花苞乍放,叶子一片一片舒展
青苔大面积渲染
春色漫山遍野地扩张
在呀诺达,青蛙正鼓噪绿草的暴动

我那乱撞乱跳的心啊
在呀诺达,安静如一只小鸟
包裹在原始森林的一团浓荫里

附录

当代诗歌：事件与情境

在一个以视觉图像为主导的时代，城市最具景观感，而如何从纷纭多样的景观中寻觅诗意，是我一直在思考的问题。在这里，我就两个方面展开探讨，即事件与情境。

继海德格尔的《存在与时间》、萨特的《存在与虚无》之后，法国哲学家巴迪欧写出《存在与事件》，把事件作为哲学的关键词，认为事件具有值得深入探讨的价值，每一个事件里面均内涵丰富，意念迭现，意义多元，值得大加挖掘。

在巴迪欧看来，事件可以打破连续性和沉寂，揭开日常生活的帷幕，瞬间呈现真相。事件没有预兆，突如其来，划破寂静，是存在的裂缝，但真实之光由此泄漏。在城市中尤其如此，人们按部就班上班下班交往回家，唯有事件可以让人真切面对现实与自我，比如堵车，航班取消，突然暴雨，邂逅前任或旧友，同事辞职或去世，还有众多无法预料的事情猛地出现，等等。人在紧急情况下，才会摆脱麻木机械，有真实反应和感受，并由此直面事实和自我反省。尼采、海德格尔、萨特等都讨论过"本真生活"的问题。

而诗，恰是对"存在之真"的揭示，是正视自欺、不诚与随波逐流之后的自我本真的警醒与发现。

我试以我的一首诗《事故》为例来说明，全诗如下：

十字路口
一辆汽车和另一辆汽车发生了碰撞
两辆趾高气扬横冲直撞的汽车瞬间粉身碎骨

于是，所有呼啸而来呼啸而去的汽车
暂时地停了下来
它们小心翼翼地东张西望
探头探脑地放慢了速度
甚至，它们还停顿静默了那么一会儿
然后，绕过这钢铁的尸体扬长而去

那停顿静默的一会儿，就好像是一次短暂的默哀
一个简单的小型的哀悼会
奔驰、宝马、法拉利、劳斯莱斯
都加入了进来，无一例外

  这首诗描写的是一次突发的城市交通事故，"十字路口/一辆汽车和另一辆汽车发生了碰撞/两辆趾高气扬横冲直撞的汽车瞬间粉身碎骨"，物质时代，汽车"趾高气扬""横冲直撞"，代表不可一世的现代工业文明。撞车后，其他小汽车都停下来了，在诗中，我将小汽车拟人化，"它们小心翼翼地东张西望/探头探脑地放慢了速度/甚至，它们还停顿静默了那么一会儿"，这其实是人碰到突发的

事件后本能的反应,这也是人性的反应,一种短暂的同情与哀悼,"那停顿静默的一会儿,就好像一次短暂的默哀/一个简单的小型的哀悼会/奔驰、宝马、法拉利、劳斯莱斯/都加入了进来,无一例外"。人之所以静默,其实是在其中看到了人自己可能也会有的命运,这是现代性的忧虑;人又是容易迅速遗忘的动物,"然后,绕过这钢铁的尸体扬长而去"。这首诗里,表达了我对现代性的反省思考,现代工业文明导致种种恶果。

在关于事件的诗歌中,人的感受和思考会在瞬间放大,既显得真实,又有包容性、概括性。所以,事件常常是现代诗歌喜欢选择的切入点。这种切入,打断日常生活的连贯性,逼着人停下来感受、回味和正视思考。

事件有时还会呈现事物不同的面相。我曾写过一首关于肯德基的诗歌,写的是我有一天深夜到王府井肯德基餐厅躲雨的经历,题目为《那些无处不在的肯德基餐厅》,在诗里我写道:

阴雨绵绵之夜,已经很深了
我没想到肯德基餐厅里收留了那么多的潦倒者
孤独的没有人可以说说话的老人
全身脏兮兮的疲惫不堪的长途旅客
头一沾到桌上就打起轻微的呼噜
还有神情漠然者,手里拿着一杯可乐
两眼茫然而空洞地看着天花板……
这些无处可去者都在这里找到了短暂的休憩之地

没人驱赶他们，服务员只是机械地来回拖着
愈来愈脏的拖把，打扫他们脚下废弃的物品

肯德基在中国城市里到处都有，有时候会被当作文化殖民与入侵的象征。一次突发的躲雨事件，我走进了肯德基。因为到了深夜，热闹的王府井里的店铺都关门了，只有二十四小时营业的肯德基，"收留"了那些无处可去者。这让我有些感动，肯德基也有人性化、包容性的一面。这里，肯德基实际上本土化了，成为中国社会的一个部分，所谓的冲突与对立融合了，组成了一幅有点温馨但又淡薄的城市日常景观。

还有一类诗歌，则是对情境的截取。情境是中国古典美学概念，按《新华字典》的解释，情境是指情景，境地。但我觉得，情与境应该分别理解。王国维先生说："文学中有二元质焉：曰景，曰情。"景和境意思接近，但"境"除了场景、现场的含义，还有境界的意味。因此，情境主要包含两个部分：情和境。情即情感。境，可分为客观之境和主观之境。客观之境是具体场景；主观之境，则类似境界。从诗学的角度来认识，情境，其本质就是以情统摄一切，注入境中，自成一个世界；或者说，用境来保存情，使之永存，使之永恒。

但情境结构在现代诗歌创作中仍不过时，我的一首诗歌《秋夜》，就是"以情造境"，以情统摄远近、人我，乃至天地万物，融于一个统一"场景"之中。在情之感念中，万事万物集中起来融于一身，此身再将情涵盖于万事万物，世界就是有情世界，因此成为一个"情境"。这首诗写的是成都，全诗如下：

柏森祠堂深藏的鹧鸪呼唤出暮晚
金水溪桥边，星星们和三两闲人现身草地
桂花香浮现出散逸的清芬气质
映衬着城中万家灯火和世俗气息

锦里方向，华灯闪耀，夜生活一派繁忙
人们在炒菜、吃饭、闲聊和打扫
一家人围坐沙发看电视，一个人站立阳台发微信
每一扇窗户里都显出人影幢幢的充实

我站在不远处的高台上，看着他们
又仿佛自己正寂寥地置身其中
我和他们平分着夜色和孤独感
我和他们共享着月光与安谧

　　这首诗，写的是我一天深夜在成都武侯祠附近的一个高楼上对外看到的情景：柏森祠堂，金水溪桥边，是相对世外桃源的，飘逸美好的；而锦里方向，世俗生活气息浓郁，人们在炒菜、吃饭、闲聊、看电视、发微信。我看着这一切，也享受着此刻，我似乎置身其间，又仿佛超脱其外，我与天下人共享这一切，我爱着这人间，既包括那些小小的幸福与满足，也包括那些孤独与寂寥。这一切，都在月光的笼罩之下。

这首诗，写的是一种共享共乐的情感，更是我的一种人生价值观，一种享受此时此刻人间生活的信念，这也是成都作为中国人最喜欢的城市的特点之一。情境诗歌，就是在情的观照整合统摄下，形成对世界和宇宙的一种认识，造就一个情感的小世界小天地，在这个小世界小天地中心安理得心满意足，就像这首《秋夜》呈现的，创造出了一个情境。

这两种类型的背后，有东西方不同的哲学观念和理论背景。如果说事件是切片，由具体最终切入人之生存状况，是以小窥大，以部分折射全体，那么情境则将人的生活状况完整地截取保存下来，具有整体性意义。两者有强调具体与整体之差异。当然，也有共通之处，就是对场景的重视。这种场景，西方喜欢称之为"现场感"，我们则称之为"景观"或"景象"（所谓触景生情的"景观""景象"）。这是视觉图像主导的现代社会里，诗歌越来越强调的元素，一种带有时代特征和标志的镜像感。